臺灣詩學 25 週年 一路吹鼓吹

陌鹿相逢

葉莎 著

個人詩集 03

【總序】
與時俱進‧和弦共振
——臺灣詩學季刊社成立25周年

蕭 蕭

　　華文新詩創業一百年（1917-2017），臺灣詩學季刊社參與其中最新最近的二十五年（1992-2017），這二十五年正是書寫工具由硬筆書寫全面轉為鍵盤敲打，傳播工具由紙本轉為電子媒體的時代，3C產品日新月異，推陳出新，心、口、手之間的距離可能省略或跳過其中一小節，傳布的速度快捷，細緻的程度則減弱許多。有趣的是，本社有兩位同仁分別從創作與研究追蹤這個時期的寫作遺跡，其一白靈（莊祖煌，1951-）出版了兩冊詩集《五行詩及其手稿》（秀威資訊，2010）、《詩二十首及其檔案》（秀威資訊，2013），以自己的詩作增刪見證了這種從手稿到檔案的書寫變遷。其二解

昆樺（1977-）則從《葉維廉〔三十年詩〕手稿中詩語
濾淨美學》（2014）、《追和與延異：楊牧〈形影神〉
手稿與陶淵明〈形影神〉間互文詩學研究》（2015）到
《臺灣現代詩手稿學研究方法論建構》（2016）的三個
研究計畫，試圖為這一代詩人留存的（可能也是最後
的）手稿，建立詩學體系。換言之，臺灣詩學季刊社從
創立到2017的這二十五年，適逢華文新詩結束象徵主
義、現代主義、超現實主義的流派爭辯之後，在後現代
與後殖民的夾縫中掙扎、在手寫與電腦輸出的激盪間擺
盪，詩社發展的歷史軌跡與時代脈動息息關扣。

　　臺灣詩學季刊社最早發行的詩雜誌稱為《臺灣詩學
季刊》，從1992年12月到2002年12月的整十年期間，發
行四十期（主編分別為：白靈、蕭蕭，各五年），前兩
期以「大陸的臺灣詩學」為專題，探討中國學者對臺灣
詩作的隔閡與誤讀，尋求不同地區對華文新詩的可能溝
通渠道，從此每期都擬設不同的專題，收集專文，呈
現各方相異的意見，藉以存異求同，即使2003年以後
改版為《臺灣詩學學刊》（主編分別為：鄭慧如、唐
捐、方群，各五年）亦然。即使是2003年蘇紹連所關
設的「臺灣詩學・吹鼓吹詩論壇」網站（http://www.

taiwanpoetry.com/phpbb3/），在2005年9月同時擇優發行紙本雜誌《臺灣詩學‧吹鼓吹詩論壇》（主要負責人是蘇紹連、葉子鳥、陳政彥、Rose Sky），仍然以計畫編輯、規畫專題為編輯方針，如語言混搭、詩與歌、小詩、無意象派、截句、論詩詩、論述詩等，其目的不在引領詩壇風騷，而是在嘗試拓寬新詩寫作的可能航向，識與不識、贊同與不贊同，都可以藉由此一平臺發抒見聞。臺灣詩學季刊社二十五年來的三份雜誌，先是《臺灣詩學季刊》、後為《臺灣詩學學刊》、旁出《臺灣詩學‧吹鼓吹詩論壇》，雖性質微異，但開啟話頭的功能，一直是臺灣詩壇受矚目的對象，論如此，詩如此，活動亦如此。

　　臺灣詩壇出版的詩刊，通常採綜合式編輯，以詩作發表為其大宗，評論與訊息為輔，臺灣詩學季刊社則發行評論與創作分行的兩種雜誌，一是單純論文規格的學術型雜誌《臺灣詩學學刊》（前身為《臺灣詩學季刊》），一年二期，是目前非學術機構（大學之外）出版而能通過THCI期刊審核的詩學雜誌，全誌只刊登匿名審核通過之論，感謝臺灣社會養得起這本純論文詩學雜誌；另一是網路發表與紙本出版二路並行的《臺灣詩

學‧吹鼓吹詩論壇》，就外觀上看，此誌與一般詩刊無異，但紙本與網路結合的路線，詩作與現實結合的號召力，突發奇想卻又能引起話題議論的專題構想，卻已走出臺灣詩刊特立獨行之道。

臺灣詩學季刊社這種二路並行的做法，其實也表現在日常舉辦的詩活動上，近十年來，對於創立已六十周年、五十周年的「創世紀詩社」、「笠詩社」適時舉辦慶祝活動，肯定詩社長年的努力與貢獻；對於八十歲、九十歲高壽的詩人，邀集大學高校召開學術研討會，出版研究專書，肯定他們在詩藝上的成就。林于弘、楊宗翰、解昆樺、李翠瑛等同仁在此著力尤深。臺灣詩學季刊社另一個努力的方向則是獎掖青年學子，具體作為可以分為五個面向，一是籌設網站，廣開言路，設計各種不同類型的創作區塊，滿足年輕心靈的創造需求；二是設立創作與評論競賽獎金，年年輪項頒贈；三是與秀威出版社合作，自2009年開始編輯「吹鼓吹詩人叢書」出版，平均一年出版四冊，九年來已出版三十六冊年輕人的詩集；四是興辦「吹鼓吹詩雅集」，號召年輕人寫詩、評詩，相互鼓舞、相互刺激，北部、中部、南部逐步進行；五是結合年輕詩社如「野薑花」，共同舉辦詩

展、詩演、詩劇、詩舞等活動，引起社會文青注視。蘇
紹連、白靈、葉子鳥、李桂媚、靈歌、葉莎，在這方面
費心出力，貢獻良多。

　　臺灣詩學季刊社最初籌組時僅有八位同仁，二十五
年來徵召志同道合的朋友、研究有成的學者、國外詩歌
同好，目前已有三十六位同仁。近年來由白靈協同其他
友社推展小詩運動，頗有小成，2017年則以「截句」
為主軸，鼓吹四行以內小詩，年底將有十幾位同仁（向
明、蕭蕭、白靈、靈歌、葉莎、尹玲、黃里、方群、王
羅蜜多、雲朵、阿海、周忍星、卡夫）出版《截句》
專集，並從「facebook詩論壇」網站裡成千上萬的截句
中選出《臺灣詩學截句選》，邀請卡夫從不同的角度
撰寫《截句選讀》；另由李瑞騰主持規畫詩評論及史料
整理，發行專書，蘇紹連則一秉初衷，主編「吹鼓吹詩
人叢書」四冊（周忍星：《洞穴裡的小獸》、柯彥瑩：
《記得我曾經存在過》、連展毅：《幽默笑話集》、諾
爾・若爾：《半空的椅子》），持續鼓勵後進。累計今
年同仁作品出版的冊數，呼應著詩社成立的年數，是
的，我們一直在新詩的路上。

　　檢討這二十五年來的努力，臺灣詩學季刊社同仁入

社後變動極少，大多數一直堅持在新詩這條路上「與時俱進‧和弦共振」，那弦，彈奏著永恆的詩歌。未來，我們將擴大力量，聯合新加坡、泰國、馬來西亞、菲律賓、越南、緬甸、汶萊、大陸華文新詩界，為華文新詩第二個一百年投入更多的心血。

2017年8月寫於臺北市

【推薦序】
從畫龍到逐鹿
──葉莎詩歌的語言與技法

秀實

一

　　葉莎詩歌的語言與我的大相逕庭。我一直書寫著「以繁複的句子表達繁複的世相」的詩歌。並於一五年成立了「婕詩派」。葉莎則一直寫著那些簡短的句子，以跳躍靈巧的風格觸動著廣大的讀者。

　　近日讀亨利・拉西莫夫的《親愛的普魯斯特今夜將要離開》，普魯斯特在一封信中，這樣的寫道：「你（按：指讓・科克托）喜歡用令人眼花撩亂的象徵表現最高級別的真實，象徵包含了一切。」[1]這句話的意思

---

[1]　《親愛的普魯斯特今夜將要離開》，亨利・拉西莫夫著，陸茉

是，繁複的象徵語才書寫出最真實來。這裡談的雖然是
小說，但我認為挪移於詩，也更適宜。應對這個滿佈虛
假與混雜的世相，詩人筆下的繁複句子實有其必然。

　　而我必得解讀葉莎應對「世相」的方法。她的句
子，簡單剴切。可用競技場上的「一矢中的」來形容。
葉莎這本詩冊《陌鹿相逢》，映進我眼簾至深處的作品
是《雨夜訣別》。詩寫為亡夫更衣。此詩終必成為葉莎
的代表作之一。詩句簡短，最長不過十二字，「彷彿生
前穿越一個尋常巷子」。不論長短，詩歌看重的應是文
字的力量。而嬌美柔弱的葉莎擁有這種力量。

　　　　為亡夫更衣
　　　　拔去點滴剝掉膠帶痕跡
　　　　讓瘦瘦的手臂伸進來
　　　　過大的袖子穿過去

　　四行明瞭易懂，簡單不過，但在詩人的巧妙鋪排
下，每個鉛字都含有極大的重量。其悲愴若此，令人不

妍、余小山譯。成都：四川文藝出版社。2017，頁36注釋2。

忍卒讀。第二節非但波瀾不驚，更築構起一幅美好畫
圖。大悲無淚，狂歌當哭的摯情深意，便即這般，令人
折服。這個「笑」字，沉重如鉛似鐵，以致拈不起來，
錐於胸臆。

> 你依然安靜
> 彷彿生前穿越一個尋常巷子
> 風從另一端撲過來
> 彼此聞到某種花香吧
> 會意的淡淡笑著

　　第三節我只談兩行，「起點時未知／終點時茫然」。
那是葉莎的思維路數，明顯與我有異。這裡可以看到思
維的方式對詩歌形式措置的影響，而形式的措置又是如
何影響內容。

葉莎式的	秀實式的
1 起點時未知 2 終點時茫然	1 起點未知，終點茫然

起點與終點是人的一生，葉莎以兩詩行概括，並強

調生命的「時間」與「結果」。這是詩人面對亡夫時的思維感悟。偏重於理與哲。接著的後二行「而一路晴雨不定的天氣／誰也記不清楚」，可作佐證。所以有此二行式。我則在書寫時，注重悼亡之情。起點未知，即不想過去，終點茫然，即偏執當下。其情緒混為一體，故以一行處理。語言相同而形式有異，便引致內容指涉的差別。新詩雖無定法，但其巧妙處，往往在於一字之取捨，或跨行之處置，優秀的詩人都瞭然心中。葉莎當不例外。

末節更短，是一種咽哽式的淒楚。也有「語言無言」的意思。這是語言學上的一種悖論，意指最真確的語言其實並不存在，而語言愈少其意愈真。這與我繁複句子的主張恰好相反。我提倡繁複句子當中一個理由是，未穿越繁複的簡單語言是假象的陳述。葉莎在書寫時感到一種「述說」上的危機，她深知語言的局限，不足以述說其對亡夫的感情，於焉，她回歸到最簡單的對大自然的描述，僅僅一個詞：雨。這個雨字，本身為慣常的生活用語，但置放在這般有機的語境裡，便即詩歌語言。那是一個很精采的例子，去闡釋何謂詩歌語言。

唯我深記
選擇在夜裡訣別的亡靈
屬雨

　　我通過個人的創作經驗，與葉莎的詩歌語言作出
對比。其情況一如上述。特別要指出來的是，詩歌語言
即詩人的個性，詩歌的風格，並不可能是一種相同的路
數，但無論是何種路數，都決不能停留於「對信息的準
確傳達」上。法國保羅・瓦萊里Paul Valéry說：「詩意
味著決定改變語言的功能」，[2]大陸詩人于堅說：「詩歌
語言是對理解力的直接對抗」。[3]詩歌語言不在於讓人
理解，而在於讓詩人自己理解。每個詩人都應在寫作過
程中，尋找到一種專屬個人的「述說方式」。而這種述
說，應與物象或心象盡可能的保持零距離。

---

[2]　（法）瓦萊里著，段映紅譯，《文藝雜談》，天津：百花文藝
　　出版社，2002，頁336。
[3]　見《第三說》總第八期，第三說詩群編選，中國漳州民間刊
　　物，2016，燕窩《詩與理解力為敵之辨析》，頁78-82。

陌鹿相逢

二

「畫龍」中的「龍」字，相類於與劉勰《文心雕龍》
中的「龍」字。其意為「雕章琢句」，泛指詞句的修飾，
則古人所謂的「瀚藻」也。[4]畫龍形容創作，乃指寫作猶
如繪畫一條龍，既有見首不見其尾的巧妙結構，也有精緻
細微的龍紋雕飾。葉莎筆下的詩，同樣具有巧妙的結構與
精緻的修辭。其藝術價值極為可觀。

與詩集同名詩《陌鹿相逢》是一首散文詩。散文詩
與詩句散文化的新詩是兩回事。西洋詩歌裡有「具象詩」
concrete poetry，指詩作透過文字排列出具體圖形，以呈現
背後的意義。[5]可見具像詩是可以從外表形式來區分的。
同理，散文詩與分行詩的區分，首先也得由形式上看。所
以我認為散文詩人首先得有形式上的堅持：（A）分段，
與分行白話詩區別，（B）段落首行不必留兩個字空位，

4　劉勰在《文心雕龍・序志》中說：「夫文心者，言為文之用
　　心也。昔涓子《琴心》，王孫《巧心》，心哉美矣，故用之
　　焉。古來文章，以雕縟成體，豈取騶奭之群言雕龍也？」
5　見《西洋文學術語手冊》，張錯著。臺北：書林出版社，
　　2005.10，頁63。

與散文區別。葉莎這首散文詩，堪稱當中絕品。

> 牠張開兩耳靜聽世界運行，然後站起來奮戰，再
> 也顧不了影子凌亂；最後別過頭等待夕陽下山，
> 從此不再提勝利或悲傷！
> 隔了這麼多年，你突然問我過得如何？
> 只能說：大抵像一隻鹿那樣。

　　葉莎深諳散文詩創作的竅門。首先在形式上的堅
持。但文學體裁不能單從形式上看，必得有其藝術特
質。散文詩的藝術特質與白話詩相同，在「語言」上。
有兩點，則意象語與板塊結構。《陌鹿相逢》符合散文
詩語言上的這兩個要求。詩裡的「鹿」是意象語，其不
指實際意義上的「鹿」，至為明顯。詩有二板塊，則第
一節寫鹿與第二和三節寫人的話語。這種板塊結構與散
文具脈絡的上文下理的線性結構並不相同。學界對散
文詩的理論建構仍未見一致，兩岸學者對散文詩的認知
差別是存在的。引用散文詩意義上的詮釋，並不容易。
但其共通點是「語境」context的營造。所謂「語境」指
「語言規則、作者與和讀者的背景，以及任何其他能想

像得出的相關的東西。」⁶換句話說，文本的語境可因各
種不同因素的變改而導致不同的解讀。《陌鹿相逢》因為
詩人語言規則相對的成熟，形成讀者相對穩定的解讀，這
是詩人語言上的功底所在。這也是葉莎作品，其藝術水平
相對穩定的原因。

　　茲再爰引一詩說明其畫龍技法。《睡蓮》兩節十
行。如此述說：

　　　我醒了，在鬼月
　　　驚覺漂浮是流水的慈悲
　　　彷彿千萬雙透明的手連結
　　　將跌落的樹影扶起來
　　　順勢將我的執念推遠

　　　我醒了，在鬼月
　　　午間開放自在，晚間閉合想念
　　　你所看見的綠葉

---

⁶　見《文學理論入門》，（美）卡勒Culler J著，李平譯，南
　京：譯林出版社，2008.1，頁70。

　　是沉默的日子堆疊

　　沒有笑也沒有淚

　　詠物詩始於物象而終於物外。此詩高明處在，繞過物象而聚焦物外。兩節均以「我醒了」起筆，表明睡蓮七月盛開時。兩節分別寫不同的境界。前節「執念」，後節「無念」。前節「漂浮」，後節「幽居」。第2行「驚覺漂浮是流水的慈悲」與第9行「是沉默的日子堆疊」，當是詩人自喻。

　　葉莎詩作，首尾相連，並有雲霞相隨，盡現神采。《憶冬日看雪》精妙之極，則因其有「雲霞」故。這是葉莎「畫龍」技法。若吹散雲霞，拆解如後。與原作（見詩集《陌鹿相逢》P.86）比較，則可知寫詩之奧妙，葉莎已瞭然於心。

　　這是何等難解的山丘

　　只一片巨大的冷和白

　　而我是有罪的人

　　渴望奔向自由的山崗

是誰剪去長髮和頭顱
從此不要思想不要風

我的眼裡浮泛著昨日種種
直到黑夜來覆蓋

　　《但願人長久》與《塵與塵》兩首詩都寫到死亡。前者為十行短章，尋章摘句，十分精采。後者四節二十行，錯落有致，而歸於空無。優秀詩歌的其中一個特點是，時間和空間往往是混淆不清。「大漠孤煙直，長河落日圓」，明顯地描繪了一個曠野空間來。但孤煙與落日，又暗喻了黃昏。是空間裡屬雜了時間的例子。「小樓一夜聽春雨，深巷明朝賣杏花」，寫客寓京華一夜無眠，只是小樓春雨與深巷杏花攤販，又形狀勾勒出一幅春日畫圖來。是時間裡混和了空間的例子。傳統如斯，今生葉莎也不例外。《但願人長久》末節，時空渾然，情景融合，竟至無縫無隙。

　　黃昏。摺衣

衣袖悄悄藏進相思樹影
但願穿上就有森林
每一片綠葉更勝紅塵

《塵與塵》筆觸指涉「停屍間」這個陰冷的空間。
這是一個難以書寫的空間。首節這樣描述：

你住的地方
冷氣總是開得太強
零下八度，卻沒有人喊冷
房號A7，空間狹窄
恰恰裝進無求的一生

對空間的描述不是詩歌的意義所在。詩人必得透
過對空間的描述來為詩意鋪墊。所以後面的第二和第三
節，詩人寫到了「鄰居」與「未來」。詩人為空間裡
的主人翁築構了完整的生活情狀：門牌號碼，現代化的
空調，恰當的坪數，和睦的鄰居，與處理未來歸宿的便
捷。這是一般詩人所缺乏的「形構力」creative，而葉莎
在詩裡充分發揮出來了。她點明了空間與存有者之間的

關係。巴舍拉Bachelard《空間詩學》The Poetice of Space
裡有一句名言：「我們生命的曆書只能由其意象來決
定」。學者邱俊達為這裡的「意象」作出詮釋，「我們
必須去找出那些決定我們命運重心的孤寂時刻，去發現
那些孤寂時刻的僻靜角落。」[7]葉莎藉一個極其僻靜無聲
的角落，書寫死亡（時刻），透過描述空間來進行，詮
釋了生命最永恆的孤寂。

　　詩人葉莎於詩有其極高的悟性。其文本合乎詩學法
度。她很少在我面前以條分縷析的方法來談論詩歌，因
為詩歌創作，各為其「主」。這裡的主，是語言，是意
象。一個詩人尋找不著他的「主」時，他的詩歌創作即
是一種「模仿行為」。在《在意象的葉鞘》的末節，詩
人說：

　　我深信自己是一株香蕉樹

　　在意象的葉鞘

　　相互合抱並且逐漸強大

---

[7]　見《朝向廢墟的詩意空間：從空間詩學到廢墟空間》，邱俊達
　　著，刊《藝術觀點》第42期，2010.4，頁11。

　　唯一令語言強大的，是意象。從《伐夢》、《人間》到這本《陌鹿相逢》，葉莎的詩植根於臺灣這方沃土，一直在強大。在閱讀過程中，我常產生不由自主的震撼。這種閱讀的反應，源自她的語言和意象。猶如廢墟裡陌鹿的相逢，震驚，然後注視。再然後，追逐著。「呦呦鹿鳴，食野之苹」，形容葉莎其人其詩，貼切不過。

　　　　　　　　2017.7.17. 凌晨4時，將軍澳婕樓。

秀實簡介：

　　世界華文作家交流協會詩學顧問，香港藝術發展局特聘評論員。曾獲「香港中文文學獎詩歌獎」、「新北市文學獎詩歌獎」等。著有詩集《紙屑》、《昭陽殿記事》、《荷塘月色》、《臺北翅膀》，評論集《劉半農詩歌研究》、《散文詩的蛹與蝶》、《為詩一辯》等。並編有《燈火隔河守望──深港詩選》、《無邊夜色──寧港詩選》、《大海在其南──潮港詩選》、《風過松濤與麥浪──臺港愛情詩精粹》、《圓桌詩選》等詩歌選本。

【推薦序】
藏好又洩漏
——葉莎詩給我們的啟示

卡夫

一

　　四年前我就被葉莎的詩吸引，那時候她的詩還沒被太多人注意。我寫詩評也是從讀她的詩開始，不是因為後來我們成為好朋友，而是她那簡潔、簡單又簡短的詩句裡總是隱含著深刻的詩意，讀者不能膚淺的只讀它表面的意思，需要經過一番思考才能真正進入她的詩裡，這使得讀她的詩不但充滿趣味性，而且也極富有挑戰性。

　　陳義芝（1953-）在〈女性詩人——臺灣女性詩學〉中提出了「女性詩」，他認為女性詩是指含攝女性主義

思想、能反思女性劣勢處境、預報女性抗爭焦慮和映現女性自覺的詩。[1]葉莎的詩與他所列舉這數十年的女性詩大相逕庭。由於生活環境的改變與時代變遷的不同，她的詩不像她的先輩們那樣詩寫社會結構中普遍存在的女性經驗。[2]

　　葉莎開拓了另一種「女性詩寫」。我讀她的詩，發現她很多的詩寫都是以自己居住的老房子為中心，儼然成為現代的田園詩。她是一個家庭主婦，她熱愛這個家以至這片土地，可是她並沒有讓自己的詩想受困於此。「老房子」是她詩的起點，然後向四面八方延伸出一首首韻味無窮的詩。

　　〈其實我是一座房子〉這首詩可以視為她這一系列詩的序言。

　　　搭建自己之前
　　　想好鑿通出口兩處
　　　一個用來凝望羊群的低鳴

---

[1]　〈女性詩人──臺灣女性詩學〉見陳義芝著《現代詩人結構》（臺北：聯合文學出版社，2010.8），頁197-231。

[2]　同前注。

　　一個用來讓你

　　走進來又走出去

　　留下真實的泥濘

　　這首詩，篇名就直截了當地告訴讀者，她是一座房
子。其實每個人都是一座房子，房子（外在型態）裡住
著的是靈魂（內在的精神世界），她化身為房子，目的
是要讓讀者可以自由進出她的詩想。

　　她說「搭建自己之前／想好鑿通出口兩處」，一個
是窗口，一個是門口。從窗口望出去是低鳴的羊群，這
象徵著她所嚮往的田園生活。可是葉莎知道她的詩必須
與天地接軌，這座老房子不能離群獨居，所以她歡迎有
心人走進來又走出去，給她「留下真實的泥濘」。從這
個角度去理解，我們就能明白為什麼她的詩寫得如此平
易近人，卻又能觸動人心。

　　葉莎究竟從這座老房子的窗口看到了什麼？我們隨
手就能從她的詩裡找到答案。

　　鄰居和我的屋宇

　　隔著一畝田的距離

彼此的窗裝滿寧靜的綠

──〈若時間寬得像河〉

　　這是她的一種「和平生活，互不侵犯／只喜歡和風輕聲說話／若鳥飛過割裂影子也不以為意」（同上詩）。

冬天回家
門前無車馬
兩株大樹依舊挺拔
……
春天回家
門半掩半開
綠意發芽不停流淌
……

──〈一些屬鳥，一些屬雨〉

看見一個像花布的村落
輕輕抖動就聽見幾聲雞鳴
過於高亢的雞鳴讓小路止不住蜿蜒

……

遠處傳來幾聲狗吠

不停汪汪與雞相問

　　　　——〈雞犬相問〉

　　在這本詩集中，這些詩寫田園生活的詩比比皆是。葉莎雖已成名，身處紅塵中，但她還是堅持住在這座「老房子」裡，靜看人來人往，絲毫不為所動，執著地追求屬於自己的一個精神境界。

二

　　我做了一個統計，這本詩集裡共有八首詩直接帶著「屋宇」或「房子」的詞，[3]與此意象有關的詩寫更是不勝枚舉。這不是偶然的，是葉莎潛意識裡一種詩想的流露。

　　她未必真的是住在這所老房子裡，不過是選擇它作

3　這八首詩是：〈醒來〉、〈每一座屋宇與水同名〉、〈簷〉、〈也是一種蟲〉、〈在猴硐〉、〈集體懷孕〉、〈若時間寬得像河〉、〈蓋自己的房子〉。

為表現自己詩想的一種意象。正如前述，房子是一種外在
型態，住著的是靈魂。其實，我們都住在各種各樣大大小
小的房子裡，房子外是另一個更大的空間，我們被囚禁其
中而無處可逃，充其量也只是換一種形式、程度不一的
「囚」，我們一直都在不安的居住中。[4]

　　所以，葉莎說要先「想好鑿通出口兩處」，方便自
己可以「逃」出去。寫詩可以獲得逃的能量。我們要逃
離政經操弄、逃離社會制約、逃離自己身體與不安的羈
絆。[5]囚與逃反覆的較量，最終會產生詩的可能。

　　從房子的窗口望出去，是低鳴的羊群，這是葉莎嚮
往的田園生活，可是她知道現實世界裡「桃花源」根本
是不可能存在的，走進來又走出的人留下的都是一堆堆
「泥濘」。她雖被「囚」於老房子中，可是她給自己鑿
通了一個窗口，她看到的不只是羊群……

　　　　那一陣子我是窗子
　　　　看到的風景都很正

---

[4]　參考〈永恆的命題：囚與逃〉見夏婉雲著《臺灣詩人的囚與
　　逃》（臺北，爾雅出版社有限公司，2015.4），頁31-79。
[5]　同前注。

落日沉沒時，
黑夜規矩的來臨
你是屋頂，總說艷陽
比陰雨茂盛

如今土地換裝與水同名
屋宇回歸最初的自己
石與泥，相約搖動
陷落，進入更深的井

傾斜時並非黃昏
陳舊的故事紛紛逃出
我歪斜著想哭的表情
不巧讓那個學畫的人
偷了去

　　　　　　──〈每一座屋宇與水同名〉

　　這是一首含政治隱喻的詩。葉莎雖寫了不少田園
詩，但她不是個不食人間煙火的詩人，她憂心於當前國
家的處境，卻苦於不能明言，只好借用「屋子」含蓄的

表達，這是她延伸的另一條詩路，也豐富了它的含義。

「宸」屋宇也。（《說文解字》）帝居曰宸（《康熙字典》）。後人由此引申為王位，帝王的代稱。（《漢典》）由此可見，「屋宇」在詩中另有所指，隱藏的意義呼之欲出。詩第一節第一、二行就充滿諷刺性。

> 那一陣子我是窗子
> 看到的風景都很正

這兩行詩與詩最後一節不但前後呼應，而且也讓我們感受到諷刺文字背後對當下國家動盪時局的痛心疾首。「那一陣子」是多麼的讓人懷念。住在屋子裡的人都十分的快樂，每個人是一扇敞開的窗戶，看到的風景都很「正」。如今的情形卻是窗戶被人強行關上（這是詩沒說出來的部分），所以後來才會有「歪斜著想哭的表情」。

那一陣子，即使黑夜也是「規矩」的來臨。「規矩」用的很妙，高明的葉莎，什麼都不說，她讓我們在潛意識裡對比後，自己思考這句話真正的含義。「你是屋頂」，你說在你的庇蔭下，艷陽比陰雨茂盛，承接著前半節，

這「你」是誰？自然是不言而喻了。

詩第二節是主題。「那一陣子」與「如今」正在發生的事是一個強烈的「無可挽救」的對比。

> 如今土地換裝與水同名
> 屋宇回歸最初的自己

土地換裝指的是政黨輪替。水可載舟亦可覆舟，這是人民選出來的新「屋主」，先前的屋主背叛人民，最終被人民唾棄，所以這「屋宇回歸最初的自己」，但是這土地卻有了變化。

> 石與泥，相約搖動
> 陷落，進入更深的井

土壤怎麼會突然莫名其妙地液化陷落，動搖了屋子的根基，住在屋子裡的葉莎不是政治家，只是個詩人，這問題不是她能解答的，也不是一首詩能分析的，她只是要真實地表達自己內心的不安，所以詩第三節如此寫著：

> 傾斜時並非黃昏
> 陳舊的故事紛紛逃出

對照「那一陣子」黑夜也能規矩的來臨，「如今」屋子傾斜時還不到黃昏，這帶著諷刺性的譴責無疑是對新屋主的一記當頭棒喝。接著而來的「陳舊的故事……」卻是一針見血地指出歷史不斷重演的荒謬。

> 我歪斜著想哭的表情

對照詩第一節「看到的風景都很正」，「歪」和「哭」用的很傳神，面對這場災難，無能為力的葉莎只能讓自己這扇窗隨著屋子的傾斜而「歪」著，這不是她願意的，所以她想「哭」……

詩結束時，她突然從詩中脫離，雖出人意料，卻能讓我們瞭解到她選擇房子作為意象的真正原因。這「想哭的表情／不巧讓那個學畫的人／偷了去」。既然知道自己逃不走，又無法力挽狂瀾，她只好選擇留在房子裡努力學畫、寫詩，以平常心對待一切的變化。

三

　　2016年8月6日葉莎在新加坡舉行的《會詩會影——意象的火山爆發》詩歌與攝影交流會上曾如此說過，當她按下快門那一刻，一首詩就完成了。她先是攝影師，也是詩人，後來努力學畫，光影與文字在她身上做了最完美的結合。

　　這也是這本詩集另一個特色。

　　「人稟七情，應物斯感，感物吟志，莫非自然。」這是南朝・梁劉勰（約公元465-520）在《文心雕龍・明詩》中說的，大意是人具有各種各樣的情感，受了外物的刺激，便產生一定的感應。心有所感，而發為吟詠，這是很自然的。

　　葉莎勝人一籌的是，她多了一雙「攝影」的眼睛，當她的詩心被外物觸動有所感應時，她會立即用相機拍了下來，這是劉勰沒有想到的。照片的紀錄讓原本平面的文字「活」了起來，文字的詩寫又讓照片給了人更多與更深遠的聯想，豐富了它的內涵。這也就是葉莎詩成功的地方。

　　其實她更成功的不是如劉勰所說的「應物斯感，感物吟志」，而是她能在平凡不過的景物中看到別人看

不到的詩意，並把自己的情感帶入其中，成為自己詩想
的代言人，但卻又不做任何的解釋，這正合了1967年羅
蘭・巴特（法）（1915-1980）提出的理論，文字一寫
完，作者即死，任何人都能對它做任何的解讀……

　　烏鴉宣示黑
　　鴿子宣示白
　　風站在嘈雜的街頭煽動和平
　　那時和平是一片雲

　　昨日展開勾擊
　　撲撲振起黑色羽翼
　　語言是長柄兵器
　　橫刃所有的侵略和忤逆

　　今日微雨，雲降落地面
　　柔軟鋪陳一片心地
　　鴿子在上，昂首
　　闊步，不停點頭

　　　　　　　　　　　　　　　——〈以鴿止戈〉

　　這是一個極富故事性的畫面。一群白色的鴿子和黑色的烏鴉混雜站在電線桿上。這奇異的自然景觀觸動葉莎的詩心。當她按下快門那瞬間，看到的已經不只是「鴿子」和「烏鴉」……

　　以鴿止戈，這詩題是經過一番思考的。此鴿非彼「戈」，可能演化自「化干戈為玉帛」，詩意呼之欲出。

　　如果用簡單的二分法，黑與白，勢不兩立，二者之間不可能有不清不楚的灰色地帶。詩在這裡用了「煽動」，其實是隱藏著另一深層的意義，不明究理的「風」看到黑白和諧共處後，企圖要鼓動和平，實際上不但是無濟於事，而且還有點是非不分，這不正是對「爛好人」的當頭棒喝嗎？所以葉莎用了這個「貶義詞」。也正因為她使用了「煽動」，使到詩有了更多爭議的空間。

　　那時和平是一片雲，才讓「風」有了錯覺。為什麼葉莎會有這種詩想？詩的第二節有了答案。烏鴉「哇──哇──」的嘶啞聲，是很令人討厭的。她藉此引申為「語言」。從詩壇上出現的諸多口舌之爭，到政壇上不同顏色派別的口誅筆伐，全都是失去理性的鬥個你死我活，這一切不都猶如是烏鴉的嘈雜聲嗎？所以最後才會有如此的詩句，「語言是長柄兵器／橫刃所有的侵略

和忤逆」。

詩第三節詩寫的是她的心態，面對外界的「嘈雜」，她不隨之起舞，心地仍然是一片柔軟，所以鴿子願意停駐，昂首闊步，不停點頭，以鴿止戈……她多麼希望每個人都能像她一樣，黑白的共處不只是形式上的一種和諧……

葉莎「應物斯感」，由外在景象涵生詩意，詩想卻又不受眼前外物限制，給了我們無限的驚喜。我們通過她那混合「詩」與「攝影」的獨特視角，發現自己看不到與想不到的意境，從而獲得無窮的讀詩樂趣，這也正是她的詩獲得眾多閱讀的成功之處。

四

　　所有的詩歌成形之後
　　骸骨，靈魂，和血
　　又被一一還原

　　再次拆解，拔離
　　採集或風乾

也許有笑也有淚

我會儘量藏好又故意洩漏

　　　　　　　　——〈藏好又洩漏〉

　　這首詩可以視為葉莎寫詩的一個原則，她把自己
藏好在房子裡，卻又鑿通了一個門口，讓人可以自由進
出。寫詩不正是如此嗎？藏好又洩漏，如果意象太晦
澀，語言很拗口，就會讓讀者讀詩時有如在猜謎，困難
重重，但是如果讓人一眼就能看穿的話，又會減少許多
讀詩的樂趣，所以最好就是「藏好又洩漏」，而葉莎的
詩在這方面就拿捏得十分的恰當。

【推薦序】
人間自是有情癡：
與葉莎「陌鹿相逢」

胡爾泰

　　臺灣中生代傑出女詩人葉莎新出第四本詩集《陌鹿相逢》，本人有幸在它付梓之前拜讀，在驚歎作者的才情之餘，深受感動。因此不揣冒昧，抒發一些感想，筆書一些心得。

　　這本集子有不少的悼亡詩，或是可作悼亡詩解讀的詩，讀起來特別感人。這不僅是因為至親的過世，本就椎心泣血，更因詩人以新詩的手法曲說自身的遭遇，倍加令人掬同情之淚。

　　人世間最難過的事情莫過於生離死別，屈原〈九歌・少司命〉云：「悲莫悲兮生別離」，極言生離之悲；江淹〈別賦〉云：「黯然銷魂者，唯別而已矣」，

言生離之使人魂銷魄散；歐陽修〈玉樓春〉詞有如下之
句：「人間自是有情癡，此恨不關風與月」，亦言生離
之所以悲苦，與風月無關，而與人的天生情性有關。除
了生離之外，死別更加令人哀痛。中唐元稹〈遣悲懷〉
一詩的末聯：「唯將終夜長開眼，報答平生未展眉」和
〈離思〉首二句「曾經滄海難為水，除卻巫山不是雲」，
是元稹悼念亡妻之作，哀感頑豔，傳頌千古。

　　相對於古人以比較抽象的字眼來表達生離死別的哀
痛，當代臺灣詩人葉莎以豐富的意象、多元的手法來表
達對亡夫的思念。〈雨夜訣別〉一詩曲寫鶼鰈深情與思
念之心：

　　　　為亡夫更衣
　　　　拔去點滴撥掉膠帶痕跡
　　　　讓瘦瘦的手臂伸進來
　　　　過大的袖子穿過去

　　　　你依然安靜
　　　　彷彿生前穿越一個尋常巷子
　　　　……

細細的條紋襯衫

寫滿了此生的路

……

而一路晴雨不定的天氣

誰也記不清楚

唯我深記

選擇在夜裡訣別的亡靈

屬雨

　　在這首詩當中，詩人以「穿越一個尋常巷口」來
比喻給亡者穿壽衣，再轉喻到「寫滿了此生的路」，更
從路上的晴雨不定，來比喻一生的風風雨雨（人生猶
如旅途），並從風雨轉到亡者病逝的雨夜，因而緊扣了
主題。「雨」不僅是實景的描繪，更是淚水的隱喻。此
詩環環相扣，詩人娓娓道來，彷彿訴說一個故事、一個
夢，卻讓人有說不出的哀感。

　　〈雨夜訣別〉一詩中所出現的「路」的意象和「雨」
的意象，在此集別的詩當中也屢見。例如「一樣一樣沿
路拾起的／又一樣一樣丟棄」（〈尋人啟事〉首節）；

「極樂成為一雙又一雙鞋子／路上應無風雨／不停啾啾的應是燕子」（〈但願人長久〉）；「秋天開始流動／有人在窗內看一條小路／獨自通往雲」（〈悄悄之最深〉）；「沿路都是追趕的雨聲」（〈所有的荒涼都閃亮〉）等等皆是，它們之間呈現「互文性」（intertexuality）。而「（極樂）路上應無風雨」更對應了此生的風風雨雨，也顯示了蘇東坡式的達觀：「也無風雨也無晴」（蘇東坡詞〈定風波〉）。

〈雨夜訣別〉一詩中出現的「雨」的意象，在〈醒來〉一詩當中也依稀呈現：

整座屋子空蕩蕩
長廊上未洗的灰色長褲
垂掛昨天的味道
……
能記起的
只是睡前一場雨
滴滴答答
百般無聊的落下

　　此詩的「屋子空蕩蕩」、「昨天」暗喻人走了，「只是睡前的一場雨，無聊地落下」，是實景，也是惡兆的象徵。在另一首悼亡詩〈妳明白雨的去處〉當中，也提到了「雨」：

　　過去的日子
　　用笑聲包起來
　　無法平復的某些傷感
　　放在行李的最底層
　　用甜味壓著

　　記憶不停推陳
　　心情只能出新
　　無法說盡的點點
　　滴滴，來日將會變成雨

　　妳明白雨的去處
　　就不必在意雲
　　烏過，壓過妳的心頭

陌鹿相逢

我就和北風一起
送妳到這個小路口

這首悼念女性亡者的詩和〈雨夜訣別〉一詩一樣，都
出現了「雨」和「路」，只是在此詩當中，點點滴滴的雨
和點點滴滴的舊事交疊（superpose）在一起。

在另一首悼亡詩〈大夢〉中，詩人用第三人稱（有別
於其他悼亡詩用第一人稱或第二人稱）來發聲：

灶前的乾柴失去鳥聲
他失去力氣和女人
剩下一只大鍋子，盛滿黃昏

黃昏水深
添幾根柴薪就火熱起來
他將熱水提到澡堂
洗皺皺的自己和遙遠的昨日

有些昨日不肯如煙
一沾附就是黏稠的一年

那天他扛起大鍋子緩步走到門前
用鋤頭狠狠在鍋底刮了幾遍

一切剝離皆是痛楚
灰燼倉皇，逃至小路又奔回來
他扛起鍋子走回廚房
輕輕放下，等待黑夜來訪

他喜歡大鍋子，也喜歡大夢
前者完好，後者如初

　　這首詩以失去力氣和女人（配偶）的老翁為表述對
象，其中有豐富生動的意象（「乾柴失去鳥聲」、「昨
日……一沾附就是黏稠的一年」「灰燼倉皇」），也有
象徵意涵（剝離皆是痛楚），而把老翁的身體比喻為
大鍋子，更是妙喻：因為身體是大鍋子，所以可以盛滿
黃昏；因為人老了，布滿了皺紋和汗垢，就好像鍋子附
著了黏稠的灰；洗身體就好像去掉鍋灰一樣；把鍋子輕
輕放下，就是輕輕躺在床上就寢。把一首悼亡詩用一種
詼諧的比喻來貫穿，真是哀而不傷。這首詩的另一個特

點，就是全詩用「頂真」的手法來連結，第一節句末的
「黃昏」，變成了第二節的開頭語，第二節句末的「昨
日」，變成了第三節的開頭語，第三節句末的「刮」，
變成了第四節的開頭語「剝離」。第四節句末的「鍋
子」，對應了第五節的「大鍋子」，「黑夜」對應了
「大夢」。而本詩以「大夢」終，正凸顯了詩旨：人生
如夢。葉莎的另一首悼亡詩〈晚年〉也是用第三人稱發
聲，與〈大夢〉一詩呈現互文性，雖然用了不同的表述
內容：「為老伴燒了一炷香」、「今天依然沒有信」。

　　人生如一場旅行，路上有風雨；人生如夢，所以有睡
眠和醒來；人生也如海洋，所以有霧有波濤，這在葉莎這
本集子中，也屢見不鮮。「海」和「雨」兩者相似點在於
都是液體，並透過蒸發與降落而互相轉換。「雨」除了是
一種天象之外，也常被比擬為「淚水」（淚如雨下）或象
徵愁人之境（秋風秋雨愁煞人）。「海」除了指涉「大
海」這個實體之外，也常用來比喻夜色（夜之海），並
且象徵著「人海」（人世）、「苦海」、「詩海」，甚
至「良知之海」，這些象徵或譬喻都有「廣大無邊」、
「浩瀚無涯」之意。葉莎此集子就以〈整座海都在移動〉
這首詩冠於卷首，詩云：

整座海都在移動
面對昨日崩壞的桑田
我也開始移動
以髮膚的速度
以齒的速度
以一根針線穿越
遲疑的速度

一株芒花觸摸秋天
無言。以對

　　這首詩以大自然的滄桑變化來形容人事的變化，變
化雖大，移動速度卻奇緩，而且刻骨銘心，彷彿昨日才發
生。詩人面對此驟變（崩壞的桑田象徵親人的過世），只
能像觸摸秋天的芒花，無言地搖晃著。短短數語，道盡
詩人心中的無奈。此詩隱含了人生海洋與滄海的對比，
此兩種海洋的對比在〈我進入的海〉一詩中再度呈現：

我進入的海，你也正在進入
以眼，以心

以無始劫以來的真

……

在〈昨日之海〉一詩也有類似的表達，在此詩，兩
種海合一了：

面對昨日之海
我是今日之海
拾階而下
濤聲執意衝上來
……
今日之海，面對
昨日之海以更深的面容
一起沈溺
一起漂浮
如一支槳或一次波濤

在〈憶冬日看雪〉一詩當中，也出現了今日之海與
昨日之海的對照，最終合一：

我的眼裡有海，浮泛著昨日種種
一吋一吋吸吮潔白
那潔白也一吋一吋吞沒我
直到黑夜來覆蓋

　　而在〈大斑魚之死〉一詩中，詩人以大斑魚自況，
闡述人生中常有的掠奪與等待，並把「死亡」、「大海」
和「鏡子」三種意象交疊，以打碎鏡片來比喻人之追求
永生：

死亡與大海是一面鏡子
折射此生的等待與掠奪
我想念水域中優游的美好
……
此刻海已枯
一生沈著的我此時更加沈著
沒有人知道
在生存的最後一刻
我仍在思考如何鑽挖石罅
將光的鏡片一一打碎

　　將大海比擬為鏡子，在〈瘦瘦芒草弱弱的鳥〉一詩中也出現：

> ……
> 她看見的海不是海
> 是浮雲游過的鏡面
> 昏黃又清澈
> 和我遇見的世界並無分別
> ……

　　此詩寫的是「瘦弱如刺鳥」的芒草，她所見的海和我所見的世界一樣，都是虛幻的。如果把這首詩和〈整座海都在移動〉一詩合觀，芒花即詩人，詩人即芒花，兩者所見並無二致。

　　在葉莎這本集子當中，「黃昏」的意象也屢見，在〈枇杷〉、〈但願人長久〉、〈大夢〉、〈每一座屋宇與水同名〉、〈栖息〉、〈夏日流螢〉、〈凡神祕的都在門後〉、〈在猴硐〉、〈若時間寬得像河〉、〈若你問路〉、〈四月的神情〉、〈另一種黃昏〉等詩中都出現，或是指涉黑夜來臨之前的黃昏，或是比喻晚年。

不管是哪一種，這本詩集「黃昏」意象之屢見，與「大海」意象之頻繁，是息息相關、幾乎同步調的：黃昏之沒入黑夜（夜之海），猶如人生從晚年走向寂滅（死亡之海）。而〈另一種黃昏〉一詩所要表達的意思，可能比喻漿果內部的金黃色（成熟的象徵），也可能指涉昔日的黃昏。

　　本詩集的另一個大主軸涉及「詩創作」的艱苦，其中滋味有人用婦女生產嬰兒來比擬。雖然詩人是天生的，但是，詩人在創作時要營造新意象，要捕捉最恰當的語詞，的確要花一番功夫，甚至要等候繆斯（Muses）敲門！葉莎把這種意象或文字的捕捉或浮現，比喻成「陌鹿相逢」，這是十分新穎的。「陌鹿相逢」很明顯是「陌路相逢」的雙關語（pun），但比它更加具體化、生動化了。「鹿」一詞讓我們想到「逐鹿」（一種追尋），又讓我們想到「小鹿亂撞」，不容易掌控，因此，葉莎把詩的創作過程用「陌鹿相逢」來比喻，也就不足為奇了。

　　在〈陌鹿相逢〉這首詩中，雖然詩人追逐著鹿（文字），詩人與鹿好像是陌生的、相對的，其實，詩人就是他（她）所追逐的鹿本身，所以本詩末句就說「大抵

像一隻鹿」那樣。葉莎在此詩運用了「置換」的手法，
也就是說，不用「我」而用「鹿」（他者）來發聲。

　　寫詩的艱辛在本集的其他詩作中也可以看出端倪。
〈夢中水母〉一詩云：

　　　　大海已經歇息
　　　　並無微風和浪花襲擊
　　　　我在夢中不停捲縮自己
　　　　帶著筆，進入無意識
　　　　感覺一種藍，一種透明
　　　　以收縮鐘狀的方式靠近
　　　　觸器與口腕，恰恰
　　　　捕食了詩微弱的氣息
　　　　……

　　這首詩靈活體現了寫詩的困難，只能在夢中不停捲
縮自己，捕食詩微弱的鼻息。捕獲有限，還需提防「另
一次風暴的來襲」。

　　〈島語〉一詩闡述了語言的混雜分歧多義（ambiguity），
需不斷潤色：

語言長成枝枒，指向天空

天空混濁且多義

等待雨雲刷洗

……

　　〈在意象的葉鞘〉一詩有也類似的表述，不同之處
在於把語言歸「屬於塊莖類／時常埋在地面下」，等待
詩人挖掘。〈藏好又洩漏〉一詩云：

……

所有的詩歌成形之後

骸骨、靈魂、和血

又被一一還原

再次拆解，拔離

採集或風乾

也許有笑也有淚

我會儘量藏好又洩漏

　　這首詩所要表達的是詩語言的組合與拆解，以及創

作過程的甘苦和詩人的欲言又止。

〈小院子〉這首詩表達詩人不斷地自我提升，以及詩人以寫詩為職志：「我摟著微寒的小院子／幾枝枯藤垂掛詩意／詩是眼眸，不停攀爬天空和自己……又側臉拍下此生　此生是一件棉襖／藏著絲絮與思緒／不輕易揭開的密密／綿綿」此詩也用了頂真手法，第二節末句的「此生」變成第三節的開頭語。〈詩崩〉這首詩似乎縮合了悼亡詩與寫詩的辛苦狀：「秋天未熄滅，我們先熄滅了／放下唇邊的話語，放下呼吸……可我又醒來／感覺一隻蟬在地底靜寂／逐漸上升為楓紅吹拂的涼意　你似乎也醒來，又騰空如雲／我拉起你的衣袖／竟拉起一首枯萎的詩」人已「滅了不生」，又因蟬聲而復活，但是，想拉你一把，你卻像一首枯萎的詩一樣，不復存在。此詩從「滅」到「醒」，再到「枯萎」，其中的變化真讓人錯愕。就好像滅了念頭不再寫詩，卻因秋蟬聲而起心動念寫詩，結果卻是一首枯萎不成樣的詩，當然令人難過了。

葉莎的詩還有一大特色，就是在結構上首尾相連，構成一個圓。例如前文引論的〈大夢〉一詩，以「大鍋子」始，以大鍋終；〈裂帛〉一詩以「綠帛裂開」始，以「裂帛終將縫合」終；〈生日〉一詩以「日子」始，以「昨

日」終；〈悄悄之至深〉以流動的雲始，以秋天的雲終；
〈大斑魚之死〉以鏡子開始始，以打碎鏡片結束；〈我在
你的傷口題名〉以大海始，也以大海終。這種詩意始終連
貫的手法，葉莎用來得心應手，幾乎天衣無縫。

　　葉莎寫詩，情感出自肺腑，手法運乎天然，互文性
很強，意象鮮明而豐富，而無斧鑿之痕。即使是悼亡詩，
也是委婉曲說，哀而不傷，彷彿細血汩汩從血管、從筆管
流出，不驚心動魄，但十分感人。葉莎的詩可以說兼具理
性、知性和感性三者，而前二者都為「感性」服務或鋪
路，她的詩從而掌握了詩的本質：抒情，但不濫情。

　　西班牙詩人Antonio Machado曾經說過：詩的要素
並不是詞的音樂價值，也不是色彩、線條，也不是感覺
的綜合，而是一種深深的心靈的悸動」（引自飛白主編
《詩海》，頁1082-1083）。我讀葉莎的詩，的確感到
「深深的心靈的悸動」。

　　是為序。

　　　　　　　　　　　　　　　文學博士

　　　　　　　　　　　　　　　胡爾泰　謹識

　　　　　　　　　　　　　　　二〇一七年八月十五日

陌鹿相逢

目　次

卷一｜整座海都在移動

卷二｜若時間寬得像河

整座海都在移動

整座海都在移動

整座海都在移動
面對昨日崩壞的桑田
我也開始移動
以髮膚的速度
以齒的速度
以一根針線穿越
遲疑的速度
一株芒花觸摸秋天
無言。以對

之間

去年我在艷陽注視中
暗中進行一次掠奪
拍下一朵雲裡的向日葵
和四周的花影婆娑

今年一群人在夜裡
明目張膽進行一場建設
刨開安靜的土壤
埋葬一萬朵花的淚
再疊磚蓋一座夢中的大樓
沒有罪也沒有罰

尋人啟事

一樣一樣沿路拾起的
又一樣一樣丟棄

最後薄如一張紙
貼在月臺佈告欄裡

靜看鐵軌不時磨亮自己
卻想不起此生的名字

枇杷

這一次我不彈奏妳
只彈那個季節
化身一株小喬木
站在妳身邊
每一根枝枒長成阮咸的手指
一撥弄就是一次春天

春天有雨
四周都是濕濕的矮杜鵑
母親長咳，咳著咳著
黃昏和孩子都碎了

她不吃樂器，喜食葉子
說是能淘洗歲月中勞心的肺
和胃裡無法消滅的火

我摘葉子不摘枇杷

三月遂靜靜掛在樹上

一串一串寂寥

但願人長久

世界已經攤平
極樂成為一雙又一雙鞋子
路上應無風雨
不停啾啾的應是燕子

（此去千秋，可否
相約萬世之後重逢？）

黃昏。摺衣
衣袖悄悄藏進相思樹影
但願穿上就有森林
每一片綠葉更勝紅塵

三行

他的一生有過一次巔峰
那是十年前站上101摩天大樓
如今歲月的潮水將他沖到岸邊
他和一支拐杖
相約來到十三行博物館

發現階梯比他硬朗
牆上一抹日光冷冷看
他努力寫著自己
只能寫出無力的三行

陌^鹿_相逢

大夢

灶前的乾柴失去鳥聲
他失去力氣和女人
剩下一只大鍋子，盛滿黃昏

黃昏水深
添幾根柴薪就火熱起來
他將熱水提到澡堂
洗皺皺的自己和遙遠的昨日

有些昨日不肯如煙
一沾附就是黏稠的一年
那天他扛起大鍋子，緩步走到門前
用鋤頭狠狠在鍋底刮了幾遍

一切剎離皆是痛楚
灰燼倉皇，逃至小路又奔回來
他扛起鍋子走回廚房
輕輕放下，等待黑夜來訪

他喜歡大鍋子，也喜歡大夢
前者完好，後者如初

陌鹿相逢

有霧

她藏匿在水田和竹林
有深深的犁痕，有搖動的冷
生前的足跡勤奮但被湮滅

她將水聲當做語言
日夜清脆想讓孩子聽見

越靠近的地方越遙遠
這個清晨，她讓思念流出
流成薄薄的一片

孩子推窗說：有霧
然後關上

午睡

時鐘敲完十二下
他和雨一起闔眼
夢中菜園
種滿青蔥和白菜

矮矮的紅磚牆
圍起鳥聲和蝴蝶
有時半醒，聽到女人咳嗽
彷彿來自寂靜的房間
又像隔著生死的厚牆

咳聲漸遠
窗外陽光半截
他翻了一下身子
那時青蔥
恰恰長了一吋

醒來

整座屋子空蕩蕩
長廊上未洗的灰色長褲
垂掛昨天的味道

沿著磚牆走動
發現老骨頭和自己的
一生，都得了疏鬆症
前者不停喊痛
後者不停遺忘

能記起的
只是睡前一場雨
滴滴答答
百般無聊的落下

晚年

電視裡，再次
有人談論生死

他站起來
為老伴燒了一炷香
走回沙發

凌亂的
和靜靜的報紙
坐在一起

郵差經過
今天依然沒有信

生日

說日子像風又像雨
倒是俗氣了
所以才有了雷聲

患了同樣的病毒
咳著一樣的舊日
一起頭疼，將彼此的
過錯用力咳出來

窗外的夜漸漸亮起來
各奔西東的兩個人
終於一起坐下來
吃個飯，喝個咖啡

生日，就是忘了

昨日，試著愛

雨夜訣別

為亡夫更衣
拔去點滴剝掉膠帶痕跡
讓瘦瘦的手臂伸進來
過大的袖子穿過去

你依然安靜
彷彿生前穿越一個尋常巷子
風從另一端撲過來
彼此聞到某種花香吧
會意的淡淡笑著

藍色適合靜默的人
細細的條紋襯衫
寫滿了此生的路
起點時未知

終點時茫然
而一路晴雨不定的天氣
誰也記不清楚

唯我深記
選擇在夜裡訣別的亡靈
屬雨

塵與塵

你住的地方
冷氣總是開得太強
零下八度，卻沒有人喊冷
房號A7，空間狹窄
恰恰裝進無求的一生

鄰居是遭遇一次大火的人
正在等待第二場大火
第一次成為故人
第二次成為故人的靈
你們也許以後會相識
也許不會
塵和塵，本來就不必交換名字

時常去探望
我依然記得先敲門
和舊日一樣有禮貌
說了許多話
最後總是這樣道別
你要好好的，你要好好的，好好的

我也是塵
唯虛空，永住

你是一個池子

我問過一座古堡龐大的夜
也問過和椰影一樣疲倦的飛鳥
更游進無人登臨的島嶼
向每個路過的野人乞求指點

關於天堂，關於地獄
起初深深不信後來深信不疑
幸好純潔和邪惡都離我很遠
我適合留在這不黑不白的人間

你死後，我開始研讀你的信仰
時常浮現傷害和寬恕的字眼
堅定，禱告或懇切呼求

而我是不呼求的
所有的愛與恨都在枕邊
並且深信生時存在，死時滅絕
如果不滅絕
那就是一場夢或一個願望

可我躺下時常有夢
夢裡有天堂
天堂有你
你是願望也是一個池子

睡蓮

我醒了，在鬼月
驚覺漂浮是流水的慈悲
彷彿千萬雙透明的手連結
將跌落的樹影扶起來
順勢將我的執念推遠

我醒了，在鬼月
午間開放自在，晚間閉合想念
你所看見的綠葉
是沉默的日子堆疊
沒有笑也沒有淚

每一座屋宇與水同名

那一陣子我是窗子
看到的風景都很正
落日沉沒時，黑夜規矩的來臨
你是屋頂，總說艷陽
比陰雨茂盛

如今土地換裝與水同名
屋宇回歸最初的自己
石與泥，相約搖動
陷落，進入更深的井

傾斜時並非黃昏
陳舊的故事紛紛逃出
我歪斜著想哭的表情
不巧讓那個學畫的人
偷了去

陌鹿相逢

牠張開兩耳靜聽世界運行，然後站起來奮戰，再也
顧不了影子凌亂；最後別過頭等待夕陽下山，從此
不再提勝利或悲傷！

隔了這麼多年，你突然問我過得如何？

只能說：大抵像一隻鹿那樣。

我進入的海

我進入的海，你也正在進入
以眼，以心
以無始劫以來的真

讓耳朵成為一種洋流
風往那一個方向吹
感官游動，軀殼游動
心也無止境游動

努力認識每一種波濤
種子植物和每一朵浮藻
彷彿還在岸上，在寂寥的書房
書寫此生的明與暗

島語

躲在島嶼說話的人
聲音成了鳥語
每個音節極細極微
只有內心傾聽

語言長成枝椏，指向天空
天空混濁且多義
等待雨雲刷洗

我帶你走進我的叢林
知更鳥剛自遠方遷徙而來
棕櫚樹的掌葉深裂之前
我們在樹下賞溪

談到夢及其他

突然由隱士化成戰士

激昂壯烈的

像一首崩壞的詩

這雙手，永遠無法洗淨嗎

我問流著血的匕首
真的沒有人看見你嗎
沒有人看見你深入
淺出，一個國王的夢境嗎

沒有人，除了月光

我又問顫抖的衣衫
真的沒有人看見你嗎
沒有人看見你一身潔白
無瑕，為了掩飾野心和慾望嗎

沒有人，除了國王最後的眼神

我的馬克白
女巫的預言都是真的
彷彿日出之於日落
天空也無權質疑

從考特爵士到一國之首
不過是一個夜的距離
所有在髮內升起的念頭
也必須在髮內滅絕
否則風會洩漏祕密
髮會慚愧，鏡子會將自己殺死
而我，你的妻子會和你一起潰敗

我的馬克白
血淋淋的孩童的預言也是真的
若勃南的樹林永遠不向鄧西嫩高山移動
你就永遠榮耀

這雙手，永遠都無法洗淨嗎？

我流著淚，和你對望
深怕良知如海水恣意漲潮
逼我悔改
所以絕口不問，至死不提

夢中水母

大海已經歇息
並無微風和浪花襲擊
我在夢中不停捲縮自己
帶著筆，進入無意識

感覺一種藍，一種透明
以收縮鐘狀的方式靠近
觸器與口腕，恰恰
捕食了詩微弱的鼻息

我深吸一口空氣，以為
海裡猶有可以轉變的契機
而四週游動的海草
和水母敏銳的摩擦
正在訴說另一次風暴的來襲

陌_鹿相_逢

簷

屋裡有老人殘喘
單薄的被子
鼓起來又塌下去

日子簡約之後
剩下幾株盆景，陽光
被吐出去又吸進來

我曾經挺拔
又忍不住矮小
走到對面又縮回牆壁

昨日的雨痕
一一看在眼裡

悄悄之最深

秋天開始流動
有人在窗內看一條小路
獨自通往雲

昨日用犁破壞荒地
今日用犁重建良田
增刪思想，也許修改心靈
恍如牛一樣的心情，一步
一趨，趨向悄悄之最深

小路開始流動的時候
秋天在窗外看一片
雲，什麼也不看

桔子樹

她的世界是一張地圖
父親開著火車穿越兒時的夢
又開進另一個時空

她搬了一張椅子坐下
故事開始鬆動
談到愛，眼裡有雨
說那人個性常綠　說話溫潤
在門口種下一株桔子樹

我見過那株桔子樹
初春氣息
小白花搖著陽光；
花很香，果實有點酸
彷彿她的這些年

船說

我的肚腹仍有江河
在波濤無力洶湧的冬季
決定棄槳做一名隱者

煙嵐阻隔，往日
遙遠而稀薄
翻閱江面淺灰的天色
無，一隻鳥飛入
無，一條魚躍出

此時浮冰靠近
黎明破裂漏出幾點微光
一叢小花接住江底樹影
搖著冷

憶冬日看雪

這是何等難解的山丘
無樹，無飛鳥
無愛恨嗔癡的人群
只一片巨大的冷和白

而我是有罪的人
不久之前棄絕道德和背負
像一隻豢養太久的狼
渴望奔向自由的山崗

是誰剪去長髮和頭顱
如一名妻子
從此不要思想不要風

我的眼裡有海，浮泛著昨日種種
一吋一吋吸吮潔白
那潔白也一吋一吋吞沒我
直到黑夜來覆蓋

詩崩

秋天未熄滅，我們先熄滅了
放下唇邊的話語，放下呼吸
讓六識化為煙塵，化為霧
化為比虛無更虛無的存在
一切妄惑如林間雜草
自此滅了不生

可我又醒來
感覺一隻蟬在地底靜寂
逐漸上升為楓紅吹拂的涼意
你似乎也醒來，又騰空如雲
我拉拉你的衣袖
竟拉起一首枯萎的詩

破繭之日

破繭之日，與蛾一起醒來
和新生活交尾
關於欲與癡
時常是縱容之後等待死亡

養幾隻蠶用來觀望一生
蠶靜止，蠶蛻皮，結繭，變成蛾
蠶變態，食用自己的卵殼
這一切來的太急去得太快
過程時常被遺忘

我的身上佈滿時間
雙眼半闔時
瞳孔是陷落的裂痕
日日看蠶不停蛻變

一片桑葉完好如初
露水滴落前
曾將葉紋細數一遍

第五階海洋

站在第五階，聽見
濤聲如經，自三方湧來
濃霧在東方升起
島嶼是哲人，面容模糊
最真的留給觀海的人

有人提筆作畫，山林
和小屋在色彩中奔流
完成之前悄悄收筆
最深的風聲，藏入心底

此生如沙
我已被一座大海捉住

昨日之海

面對昨日之海
我是今日之海
拾階而下
濤聲執意衝上來

夏日木麻黃仍在耳畔挺拔
礁岩晴朗，城堡堅強
夏日削瘦的人
冬日也削瘦

今日之海，面對
昨日之海以更深的面容
一起沈溺
一起漂浮
如一只槳或一次波濤

也是一種蟲

站在屋頂上看夜
夜比我懂得更深的黑
我的幽暗自成海域
長滿許多礁岩

不動，不言，不語
不設柵欄也不得靠近

自從烏雲飄遠
光就緩緩飄近
我如何低聲告訴你
這一切浮游是一種無邊
唯有心，深深
入海又再度出海的人
方能觸碰這樣無際的夢

那不僅是夜光
也是一種蟲

日落煙城

設想我可以
以輕度的苦楚化解劇痛──葉慈

所以才化成落日
不惜一切熱烈自己
妳仰不仰望都沒關係
總在某個時刻，山谷大聲喚我
那時我將紅著眼凝望
竹林後的妳
然後悄悄的，沉下去

施工

雨停之後，再次施工
將陽光束成鋼筋
盼望爾後
日日皆是堅強的晴朗

又不由想起
磚瓦塌陷那日
蝙蝠曾經如何無動
於衷，靜靜飛遠

栖息

幾支瘦電桿撐起黃昏
我們停下來，彷彿
遺忘今天飛越的麥田
那些搖動的風聲和小蟲

夢來之前，嘰嘰喳喳
晚霞在舌尖暈染
翅膀掉下許多疲倦

啊！這些年
時常以為自己是雀鳥
渴望逐漸縮小
然後被長夜淹滅

大斑魚之死

死亡與大海是一面鏡子
折射此生的等待與掠奪
我想念水域中優游的美好
那些漂游著的梭魚、珊瑚蝦和紅殼蟹
被我吞沒之前
牠們甚至來不及瞟我一眼
就向藍海告別

此刻海已枯
一生沉著的我此時更加沉著
沒有人知道
在生存的最後一刻
我仍在思考如何鑽挖石罅
將光的鏡片一一打碎。

夏日流螢

在黃昏前悄悄抵達
不要讓荒野聽見內心的麻雀
山坡沿路拉開潺潺水聲
舉步又踢到無數竹雞

所有該暗的語言
此刻都不該明亮
任雙眼穿越一片黑夜

我的夢棲息在一株矮樹
而所有的星星相約
在樹下繁殖

凡神祕的都在門後

巷弄四人說話
兩人溫熱兩人冰冷
被光擠得好瘦

近處有海，鳥獸蟲魚自在
我看見一道生命之鑰
凡神祕的都在門後

鎖猶未打開
手已消失
遂叫影子進入探視
黃昏被格放安置
每一粒灰塵說著故事

水是窗外

時常浮出水面
深深吐納
再潛入水中修行
我這愛紅塵，又恨
紅塵的魚

濃密的花草都是屋宇
水是窗外
我時常吃柳條的瘦影
懷抱圓缺，最愛殘月的樣子

身上長出鱗片那日，竊竊
自喜，以為從此不怕悲歡侵蝕
妳是西湖畔的女子
來看我孤單游過的身影

就這樣剝下鱗片
——交給妳

在猴硐

居民都退回屋內
將空洞的黃昏留給一隻貓
牠的爪子清純美好
適合搔癢天色
或舉起來向晚霞招手

我緩緩走向牠時
牠突然弓起身子
風吹響汽笛，牠開始
和一片綠草奔跑

像毛茸茸的火車
奔向賣紀念品的小店
坐著，標價250或更多

以鴿止戈

烏鴉宣示黑
鴿子宣示白
風站在嘈雜的街頭煽動和平
那時和平是一片雲

昨日展開勾擊
撲撲振起黑色羽翼
語言是長柄兵器
橫刃所有的侵略和忤逆

今日微雨，雲降落地面
柔軟鋪陳一片心地
鴿子在上，昂首
闊步，不停點頭

所有的荒涼都閃亮

在島嶼的黑夜
參加一場音樂會
鼓聲最亢奮時，天空
突然裂開自己
我們在裂縫中奔逃
沿路都是追趕的雨聲
和暴怒的雷神

倉皇回到安全的城堡
仔細擦乾濕濕的回音
那時天空
還不肯闔上自己
傷口露出一些細細的
細細的毛邊
彷彿寂寞的島嶼訴說孤獨

所有的閃亮
只是荒涼而已

流蘇

某些花容藏在樹下
靜看一片天空悄悄綠了
一月咖啡十分二二八
無心聊著詩和苦苦的其他

春末花瓣四裂
我們心中有黑色核果
走過長椅不肯坐下來
怕舊事，像一樹流蘇花
上演一次又一次風吹
花落的情節

大海是我的百褶裙

遠方的島嶼是腰的寬度
有我昨日吃下的森林
沿著鳥聲挖掘
是我碧綠色心情

歡樂旋轉時
一片淺灰深夏多變的色澤
偶爾浮泛微弱泡沫
是魚的呼吸

時常愛上雲的陰影
又不想讓你讀到我的雨
信末附上陽光海浪
和你說，島上如詩美好

雖然窗前有雲

遠方有雲

此刻大海穿著百褶裙

藏好又洩漏

猜想
這是一次雲與雲的相會
各自懷抱自己的雨或藍天
不停釋放熱情和閃電

所有的詩歌成形之後
骸骨，靈魂，和血
又被一一還原

再次拆解，拔離
採集或風乾
也許有笑也有淚
我會儘量藏好又故意洩漏

蘋果

擊中一名天才之後

並沒有停止滾動

滾到市集，與同伴

被世人秤斤論兩

沒有人再問起

那一次跌落，是大地的捉弄

還是蛇的陰謀

季節是一種水位

彷彿季節是一種水位
憂傷才不停浮起來
你是如何划過生命的旱季
當孤單在兩岸不停招手

夏日水漲，你年高
你說不必小船
不必搖槳，怕也很快到盡頭了
說完和眼睛一起蹲下去拔草
臉上的葉影
黑黑的，一陣搖晃

我情感的水位也在升高
只好別過頭看看老房子
又假裝問著，地底下的芋頭啊
到底多大了

相生相害

夏至第二日，農夫
撥開稻穗，發現小蟲安居
樂葉，啃咬初生的美

農夫拉著霧
霧裡有毒一步一驅
我聽見小蟲奔逃的聲音
翅膀和葉子不停摩擦撞擊

這個世界充滿意象
不是相生就是相害

我在你的傷口題名

終年撿拾漂流木的人
你的背影有海
海濤都是無意識派

一生傾聽內心聲音的人
忘記岩石也會怨懟
養出許多青苔

被青苔絆倒那天
漂流木將疼痛壓的更疼痛
你撫著夏日歸來
為靈魂打上石膏

我在石膏上題名
一筆一劃
刻上大海一樣的祝禱

集體懷孕

夢想成為少女
我們努力抽芽生長
直到某個蛙鳴的夜晚
明白無法再隱藏
決定集體抽出笑容
自花授粉，讓子房漸漸飽滿

偷偷穿雨露孕婦裝
又忍不住驕傲昂揚
在某一天抽高思想
又慢慢垂下自我
生下一粒一粒金黃色孩子
教導謙卑和奉獻

小院子

秋天深深包圍
我摟著微寒的小院子
幾枝枯藤垂掛詩意
詩是眼眸，不停攀爬天空和自己

推推昨日，雲在遠方演示
淡淡繁華，淡淡過眼
又側臉拍下此生

此生是一件棉襖
藏著絲絮與思緒
不輕易揭開的密密
綿綿

瘦瘦芒草弱弱的鳥

隔了一日一夜
方在晨曦中看見她
站在門旁平靜的書架上
瘦弱如刺鳥
內心溫和如天空
藏好厚重的雲

她看見的海不是海
是浮雲游過的鏡面
昏黃又清澈
和我遇見的世界並無分別

我們一起相信荊棘
相信翅膀
相信血和勇氣

陌鹿相逢

但在對視時
誰也沒有說出來

若時間寬得像河

若時間寬得像河

就從一朵花的神情開始
帶妳去看吃雲長大的秧苗
她們個性沉穩，將
悲喜的根，深深插入天空裡

和平生活，互不侵犯
只喜歡和風輕聲說話
若鳥飛過割裂影子也不以為意

鄰居和我的屋宇
隔著一畝田的距離
彼此的窗子裝滿寧靜的綠

若時間寬得像河
就帶妳划進黃昏的三樓
秧苗晚安之前，會換上一身彩衣

我喜歡站在這裡

在雲記書齋

哲學家和歷史學家無聲
無息，坐在角落裡
芹壁是一張昏暗的舊海報
在更昏暗的時光中歇息

未來是激勵的字句
小小而模糊的藍圖
妳勤奮工作書寫日子
敲打字鍵和光陰一樣快速
我翻閱書架上一句哲語
嘆息和生命的腳步聲
掉了一地

回首看見靠近大門的地方
一株常綠植物和嶄新的

春聯，長得像妳
陳舊幽靜的花格窗
比較像我

在雲記書齋
無論小站或是久坐
都像塵埃

在海邊遇見一隻貓

一隻貓弓起一座海
海岸遂長滿柔軟的細毛
牠不時回首變幻
莫測的時光
時光是近了又遠的波濤

有人提及日子
牠又掩臉
彷彿所見皆是虛假
那時我正和一座簷影靠近
坐下時，發現耳畔一簇昨日
黃花

嵐山渡月橋

葉子熟了
河岸搖動的多麼可口
一株樹下兩張石椅
風，坐坐又走

渡月牆上渡著流動的傘
聚聚。散散
每一次感嘆驚動山嵐

河面靜，有鸕鷀沉沒河中
許多故事只適合浮潛
拍一張照吧
紀念此生如此親近

一回首
看見鸕鷀悄悄游出水面
天空有鳥振翅飛過

琵琶湖

穿過秋天才能觸摸一座琴
紅葉允諾一路相隨
幾株銀杏綠著自己
而我們依然懷抱白色心情

暗暗釘樁某些日子
不要彈撥被拔離的種種
有人垂釣初醒的音符
那時遠山猶是未發聲的樂譜

不是月夜獨自潯陽
漁夫恍若沙鷗
虛按一湖落寞

曲終，有鳥
輕啼一聲不再回首

裂帛

一疋綠帛裂開
竟鑽出一隻鴨子來
梅花湖開始刺繡自己

在夜鷺的夢中打個結
穿越沉思的蘆葦
當鷺鷥的眼神停在半空
鴨子又啪啪啪濺起無數光點

自夏季以來的許多宿願
化成深深的湖水
遠處的蓮花不停枯萎又盛開
而我們的話題適合埋線

咬住秋的結尾，輕輕使勁
裂帛終將縫合漸漸平靜

你若問路

我住在向陽的山谷
清晨椰影時常散步的小路
你若選個秋日來
請先穿越披黃衣的哲者
她們正低頭沉思
成熟與死亡的真諦

在有點老的榕樹旁
窗戶半敞，書半闔
找不到我，請彎到廂房長廊
小狗舔完晨光
就會搖著尾巴舔你

若是問路夕陽
記得接住歸燕的啼聲

山將影子倒進後院
也倒進茶杯裡
飲吧！
我喜歡這樣招待你

妳明白雨的去處

過去的日子
用笑聲包起來
無法平復的某些傷感
放在行李的最底層
用甜味壓著

記憶不停推陳
心情只能出新
無法說盡的點點
滴滴，來日將會變成雨

妳明白雨的去處
就不必在意雲
烏過，壓過妳的心頭

我就和北風一起
送妳到這個小路口

像母親裁改舊衣

犁舊土，翻新泥
像母親裁改孩子的舊衣
坐在多風的冬日
繡上幾粒豌豆於口袋
嫩鬚每個新日

我的鷺鷥我的烏鶇
從兒時到如今
友好如昔

耕耘機篤篤篤
犁破水鏡
蟲和舊回憶一起爬出來
蠕動肥大的身軀

不想被發現
終歸被發現
這蟲子和蜿蜒的嫩鬚

此生細碎如枝枒

一株樹
將我的陰暗緊緊環住
心窩處一絲光明
竟深深覺得冷

彷彿細碎的枝枒
不停被風折斷
又不停被風催生

喝了過多的雨
才學習沐浴陽光
根向地心處腫脹
每一片葉子無由地
畏懼風寒

其實我是一座房子

雲層湧動，如幻境
我剛剛穿上遠方的楓紅
搭建自己之前
想好鑿通出口兩處
一個用來凝望羊群的低鳴
一個為了讓你
走進來又走出去
留下真實的泥濘

冷語夜

那人左腳提起半截夜色
右腳倒把寒意踩得更深了
頭顱才縮進傘裡
雙耳又接住雨聲
這是無人可交談的長街

剩下滴滴答答的節奏
有人說是冬在演說
有人說是內心的鼓音逃脫

賞鶴

如果飛行是黃昏的練習
蘆葦的擺動就是大地的運筆
你曾否來過這冷冷的山丘
落日在後，風在側
不停磨著雪的心意

飛飛在野田的何止仙鶴
還有我們的眼神
總是一流轉，就穿越
天空和詩

稻子熟了

我的夢也黃了
白日結實，黑夜纍纍
被誰讀到等待收割的心情

有人隨情押韻
有人閉目無聲
打開黎明，多事的麻雀趕來偷聽

遠處花正紅艷
三兩個農夫吵醒稻田
不是問答
說了一些雨及其他

一些屬鳥，一些屬雨

冬天回家
門前無車馬
兩株大樹依舊挺拔
風來，飄落一兩片昨日繁華
一些屬鳥，一些屬雨

春天回家
門半掩半開
綠意發芽不停流淌
凝視，有霧漸見聚攏又散開
一些屬忍，一些屬冷

這座島必會想起那座島

背著天馬往前走
一起行空的小女孩
我們的對話是芽
沿路是荒草和大海

談談一百年後吧
我必是一株仙人掌
沙漠近，甘泉遠
風著自己的風
星辰著自己的星辰

妳說，一百年後
這座島必會想起那座島
那時沿路還荒草不荒草
我們能不能一起海濤

後記：

「這座島必會想起那座島」，是馬祖五歲小女孩恬恬脫口
而出的詩句

林海茫茫

穿越城市的軀殼
努力尋找肉身寄居之所
華燈有歌，夢初上
寂寥的心閃閃
滅滅，最愛小螢火

築屋，將大海種在右側
任海濤爬上書桌詩了餘生
小窗敞開，樹影和鳥聲相約進來
屋內都是朋友

累了，走進森林
仁慈的樹不會笑你瘦
林海茫茫，可以盡情的咳
和野風相和

鞋子記得

我漸漸遺忘的遠方
鞋子記得
它將麥田的泥土攜回
靜靜擱置牆角

直到今晨整理房子
在角落掃出一堆遠山
炊煙和小村莊
以及我山水疊覆的心情

簷

屋裡有老人殘喘
單薄的被子
鼓起來又塌下去

日子簡約之後
剩下幾株盆景，陽光
被吐出去又吸進來

我曾經挺拔
又忍不住矮小
走到對面又縮回牆壁

昨日的雨痕
——看在眼裡

另一種黃昏

面對昨日的暴雨
今日的天色
原野裡的一株樹
始終靜默

我在樹下
撿到一顆果實
殼迸裂
漿果溢出
說著另一種黃昏

曲終

今天三國仍然戰事

魯肅過江會雲長的時候

我泡的茶

剛浮起一片葉子

魯肅病危，起身寫信

筆墨齊備

正提腕卻氣絕

我端起午後

看見一片茶葉沉下去

浮起沉沒間，英雄如葉

智者是那一縷

逸入空中的茶煙

運動場

一群綠帽綠衣的孩子
排隊走進運動場
遠望，恍若許多一心二葉
心心向榮，一片移動的茶園

其中一片嫩芽說話
所有的嫩芽也吱吱喳喳
其中兩片葉子在風中奔跑
所有的葉子也跟著奔跑

跑道綠了，季節綠了
兩旁觀望的眼睛也綠了

樹下一位老者
和一壺茶靜坐

兩三片茶葉

沉沉睡了

無處可桃

金雨樹開著溫柔的雨
雨停在樹上
和雲靠的這麼近

晴天裡的羽狀複葉
單獨脫落單獨去
全然不影響綠意

那些屬於春天的人
找不到一株桃花一條溪
卻和我
在秋天的林子裡相遇

鞠躬・近翠

像夜一樣駝背
將星星倒給河水
我將疲倦夾進書頁

夜雲遠遠的飛
有光進入我體內
似螢，又似某些念頭
只是零星燈火
隔著一大片黑

遺忘田野太久的人
明天，適宜鞠躬
近翠

雞犬相問

看見一個像花布的村落
輕輕抖動就聽見幾聲雞鳴
過於高亢的雞鳴讓小路止不住蜿蜒
再繼續蜿蜒就要變成滾邊

我站在滾邊上
回想自己曾是苧麻
性弱耐旱，被誰摘葉去骨
取出最細最細的心思

而心思不過小路
兩旁繡滿秋天的屋宇
趁冬來之前
快步走回自己的田

遠處傳來幾聲狗吠

不停汪汪與雞相問

冬深似海

黃昏浮在水面上
偶爾有鳥穿越
那時我剛和岸邊的水草廝磨
讓尖銳細長的葉片
掠過愛看晚霞的眼

田裡有雲，雲裡有河
河裡有深冬的濕泥
而濕泥不曾有人觸及
誰的往昔和爾後

繞過小路，一條真正的河在等待
我心中有海，比記憶深些
比冬天的風，冷

在荒野移動

從北京到石家莊
雪趕著雪
形銷的樹，枝椏
骨立，碰壞了天空

不忍五官在荒野移動
遂哈一口大氣
讓整個世界起霧

霧散，車子緩緩停住
村莊淡淡如水
小草亂髮如詩
那小指勾著小指的樹
有著相同的名字

另一種火

野火已經熄滅
燒不盡的是春風
一粒種子暖溶溶，自中海拔
飛來，頂著白色冠毛
落下，成為另一種火

背影彷彿刀傷草
將朽木割出一條河
那日我偶然經過
舀了一瓢來灌溉
竟生出幾行草本詩

牛

遺失了三十年的牛
突然走回來
眼神空洞，腹中有恨
牛角上掛著滄海

如何告訴牠
我也想耕犁一畝田
在草食大片荒涼之後
深深明白沒有桑園

請以牛角
用力牴觸春天
春天破洞
雨就落下來

讓世界一起詩詩

涼涼也好

在意象的葉鞘

語言屬於塊莖類
時常埋在地面下
思想分身側枝，鬚根粗大
搖動葉子時沙沙如詩

偶爾吐出一串話
又不忘用苞片仔細包好
待青澀都轉黃
才願意給人摘下

遇見狂風時也曾黯然倒下
文字鋸下傷悲
悲傷的母體又萌生嫩芽

我深信自己是一株香蕉樹
在意象的葉鞘
相互合抱並且逐漸強大

冷・不冷

那人背對河流
面對遼夐的過去
目光，如炬
又暖暖的抱住自己

我向河流走去
看見光陰獨坐其上
隨波划動一只竹筏
轉眼不見

此時一片葉子
被雪半淹埋

字

行經村莊，天已鏽蝕
凌亂的足跡更添凌亂
我們安靜走過
內心剝落，不提自己的四季

黃昏越踩越深
有人將雪圍起，冷又四處逃逸
一群小羊彼此取暖不時發出哀鳴
也許不是哀鳴，是因為更深的十字

十字，在一隻狗兒的胸前與生
俱來，和寂寞忠誠一齊
牠將雙足趴在圍籬
雙眼，熱望
而我驚覺圍籬也有十字

偶爾回望，此生

如之，穿越方知曲折

向日葵

離離的，何止原上草

還有我的眼神

覆瓦狀排列，不時回眸

望著和自己一樣晴朗的人

至於最後結成瘦果

或灰或黑

全是為了嘲諷

這個陰鬱的世界

四月的神情

天黑之前，我已煮好黃昏
金絲線密密的縫上窗簾
舊報紙再看一遍
將凶殺案攤平，佯裝日子無傷

我們在歲月裡順服，
讀亢奮的詩，用淡淡的語調
又愛叫你走路輕一點兒
輕一點兒，不要驚動那隻麻雀
四月的神情

掌燈

走進小巷，你為我掌燈
捏好風聲，好讓夜色心跳平穩
紫襯衫在夏風中，撲撲
振翅，像某些奔走的思緒

如果黑夜是一本詩集
那麼上弦月就是微弱的眉批
我們該如何穿越
晦澀的隱喻和暗暗成行的語句

你的家是詩集首頁的推薦序
唯有進門，細讀
才能明白你這首詩
那時，燈亮不亮已沒關係

後記：

抵達漳州第一晚秀實帶我們去拜訪漳州詩歌協會，巷弄漆黑，詩人溫天山一路為我們掌燈，賦詩一首為記。

最好清脆如山林

你可以用力將我的
胸膛撐開，掏出許多潮聲來
所有的潮聲行過山坳
響亮過無數輕霧與薄暮

天遠處有鳥
因弓毀而愉悅
心深處有魚
因遇水而歡欣

若你唱歌，最好清脆如山林
一個音符一隻黃鶯

軟風景

家走進水中搖晃不止
只見窗子，不見火爐

自從種子來到河邊
註定彼此互為風景
我拱起滄桑讓人走過歡喜
妳掉下幾片詩意

水聲緩慢，日子湍急
波紋互相推擠
散開，形成另一種軟

雨，穿著藍白拖

雨在三樓，穿著藍白拖
鞋碼不明
不時踢踏冬天的樓層
又緩緩走下來
在房門口停住

這時窗外布滿密碼
ㄅㄧㄊㄚㄐㄇㄒ
將音節分解剝離
詩詩的，疑似超現實

我仍沒有醒來
撐著傘，聽

跪

一直是個謙卑的人
只是在紅塵間
總得站的比流言高一些
比扭曲，正直一點

趁四下無人
放下自己可笑的防衛
向遼闊的天地懺悔
如一名棋子飛落在地
從此沒有輸
也沒有贏

蓋自己的房子

在靈感充足的日子破土
從記憶的第一塊磚疊起
棟距是形而上和形而下通過的間隙
風格和細節，早早在夢中設計

不忘留下會呼吸的小窗子
牆上塗滿季節的厚度
假想我愛的草莓和橘子
還有似有若無的矮籬

時常在院子曬曬情人白襯衫
共同呼吸藍天和空氣
所有的心情留在屋內
萬一滿溢
就說那是喜歡逃逸的詩

東引燈塔

因為我划著雲而來
天空才清澈如海嗎
抱緊你，我們自此合體
你用頭顱碰觸我的雲
我的思想就如舟如槳，如波濤

談談花崗岩的過往
沿著螺旋狀往事不停上升再上升
直到與鏡面的記憶相遇

白天時靜默不語
夜晚時難以克制的白熱自己
2萬9千燭光的光力
折射之後，光程遠達31公里
恰巧是鬼域失魂地

而舟子失魂於黑，槳失魂於波濤
波濤失魂於大海，我失魂於你
夜夜閃爍一長兩短的信號
給同樣失魂的水手

分離時，且弓身壓低自己
沿著白色矮牆快速通過
莫讓強風吹散了昨日

在蘭嶼

在蘭嶼，羊是錯落的海岸
傾聽日日激昂的太平洋
牠們或坐或臥如岩石
偶爾站起來走動
海岸遂長滿奇異的犄角

在蘭嶼，拼板舟是夢的起點
喜歡多月光的夜晚和沙灘
當達悟族人的神話
成為安靜的鏤刻
輕輕划動，海浪和著傳說
最宜雕飾夢國

珠光鳳蝶是最美的翅膀
弦月已織成斑紋

陌鹿相逢

又染上純黑寶藍的金屬光
當馬兜鈴的果實細脈紋
被陽光一一數遍
一個蛹靜靜垂絲自己
將飛翔寄予裂開的明天

在大埔

冷，是最鮮明的色彩
飄飄在小徑
漂漂在水畔
每一片葉子努力渲染

小窗與小窗遙遙相望
屋內孤獨被人捧著哼唱
四野荒涼被調色
深藍淺紫，許多波瀾

大寂靜和大寂靜並肩
坐著，誰也不必開口
詩就遠遠奔來

今日之船

趁著天色未將我掩埋
斜著腐朽的身子
指向一座海

曾經奮勇戳破的
偽真理，是大海的胸膛
總是裂了又合
合了又裂
叫海鷗不停爭辯

閉目傾聽，昨日
漸遠，謬論灌耳
直到什麼都聽不見

淚是無數果實

種了多年的楊桃樹
始終不肯結果子
決定重擊、斧傷
讓她緩緩流淚

淚是無數果實
在風中搖曳
卻在將熟未熟之際
和影子一起跌下來

拾起影子淺嘗
酸澀，如
隱忍的許多年

一帶一鷺

日日逗留的濕地
長滿多細胞類哲學的藻類
沉默世代交替
容貌是有絲分裂之後的葉狀體

每當微風吹過
石蓴思想游動不停浮沉
直奔季節的邊境
即使時常敘述情感翠綠
彼此懂彼此的孤寂

鷺鷥欲飛不飛
留或不留，並未困境
只是想停歇一會兒
站成遙望的姿勢

黃昏再生

趕往一場細雨
細雨之後的一顆心
那時的我，半陰
晚雲之後又半晴

黃昏與世
無爭，在潮間不停植披
靜靜遷徙，最愛水生

在黑白之際行走
日子本質是沙
更底層是礫石
我緩緩走向再生的詩地
濕地緩緩走進我

像一隻低首的高蹺鴴
一步一波紋

羽狀側脈的黃昏

你來過這裡嗎
學一株沉默的海茄冬
落地，生根

所有的根，放射狀橫生
而黃昏是低低的羽狀側脈
一搖動又是雲

你來過這裡嗎
這裡的雲很成龍
喜歡揮拳烈日，踢晚風

我是晚風之後的海茄冬

【後記】

　　「諸菩薩，弟子為哭泣的眾生發問，請問有沒有甚麼咒語能滅愛別離苦？」這兩年來接連送走兩位至親之後，時常在網路上茫然瀏覽，找尋和我一樣受苦的靈魂，常常會讀到這樣問句。我內心明白，哪有甚麼咒語呢，想來發問的人，必定也是和我一樣感覺魂魄俱離，茫茫不知何所依。

　　讀了許多關於靈魂轉生的奧秘、關於臨終知覺或生死輪迴的書籍，甚至透過內觀與亡者對話，再一次道別祝福，一切如此荒謬又如此真實，拋棄了熟悉的知識和科學，終於進入另一種以為永遠無法抵達的境界。回到現實中，彷彿獨自一人走在空曠的人世、山林或大海，努力探索著那些不可知，然而實際上只是居住在偏僻鄉間的斗室裡，一步也不曾離開，每日抱著書籍讀著讀著就睡著了，醒來世界依然寧靜，除了幾聲鳥鳴，除了夕陽更偏西。

　　這本詩集中的兩個專輯【整座海都在移動】及【若時間寬得像河】，前者寫人世的變遷和變遷之後的衝擊，後者則是在這段時間之內發生的許多事，生活中的雲煙或水草，心情的痕跡。我喜歡讓詩自然發生，彷彿所有字句早早等在路旁，等著我喚它們歸隊而已，因為在它們要來之前，它們早已活在我的空間，以各種小分子與我的心靈真誠碰撞。

　　謹此感謝香港詩人秀實，新加坡詩人卡夫，以及胡爾泰教授為我用心寫序，若沒有你們相助，《陌鹿相逢》就只有寂寞。

陌鹿相逢

臺灣詩學25週年　個人詩集03　PG1924

陌鹿相逢

作　　者 / 葉　莎
責任編輯 / 林昕平
圖文排版 / 莊皓云
封面設計 / 楊廣榕

發 行 人 / 宋政坤
法律顧問 / 毛國樑　律師
出版發行 / 秀威資訊科技股份有限公司
　　　　　114台北市內湖區瑞光路76巷65號1樓
　　　　　電話：+886-2-2796-3638　傳真：+886-2-2796-1377
　　　　　http://www.showwe.com.tw
劃撥帳號 / 19563868　戶名：秀威資訊科技股份有限公司
　　　　　讀者服務信箱：service@showwe.com.tw
展售門市 / 國家書店（松江門市）
　　　　　104台北市中山區松江路209號1樓
　　　　　電話：+886-2-2518-0207　傳真：+886-2-2518-0778
網路訂購 / 秀威網路書店：http://www.bodbooks.com.tw
　　　　　國家網路書店：http://www.govbooks.com.tw

2017年11月　BOD一版
定價：260元
版權所有　翻印必究
本書如有缺頁、破損或裝訂錯誤，請寄回更換

國家圖書館出版品預行編目

陌鹿相逢 / 葉莎著. -- 一版. -- 臺北市：秀威
資訊科技, 2017.11
　　面；　公分. -- (個人詩集；3)
BOD版
ISBN 978-986-326-493-4(平裝)

851.486　　　　　　　　　106020227

讀者回函卡

感謝您購買本書，為提升服務品質，請填妥以下資料，將讀者回函卡直接寄回或傳真本公司，收到您的寶貴意見後，我們會收藏記錄及檢討，謝謝！
如您需要了解本公司最新出版書目、購書優惠或企劃活動，歡迎您上網查詢或下載相關資料：http:// www.showwe.com.tw

您購買的書名：＿＿＿＿＿＿＿＿＿＿＿＿＿＿＿＿＿＿＿＿＿＿

出生日期：＿＿＿＿＿年＿＿＿＿＿月＿＿＿＿＿日

學歷：□高中 (含) 以下　　□大專　　□研究所 (含) 以上

職業：□製造業　□金融業　□資訊業　□軍警　□傳播業　□自由業
　　　□服務業　□公務員　□教職　　□學生　□家管　□其它＿＿＿

購書地點：□網路書店　□實體書店　□書展　□郵購　□贈閱　□其他

您從何得知本書的消息？

　　□網路書店　□實體書店　□網路搜尋　□電子報　□書訊　□雜誌

　　□傳播媒體　□親友推薦　□網站推薦　□部落格　□其他＿＿＿＿＿

您對本書的評價：（請填代號　1.非常滿意　2.滿意　3.尚可　4.再改進）

　　封面設計＿＿＿　版面編排＿＿＿　內容＿＿＿　文／譯筆＿＿＿　價格＿＿＿

讀完書後您覺得：

　　□很有收穫　□有收穫　□收穫不多　□沒收穫

對我們的建議：＿＿＿＿＿＿＿＿＿＿＿＿＿＿＿＿＿＿＿＿＿＿

＿＿＿＿＿＿＿＿＿＿＿＿＿＿＿＿＿＿＿＿＿＿＿＿＿＿＿＿＿＿

＿＿＿＿＿＿＿＿＿＿＿＿＿＿＿＿＿＿＿＿＿＿＿＿＿＿＿＿＿＿

＿＿＿＿＿＿＿＿＿＿＿＿＿＿＿＿＿＿＿＿＿＿＿＿＿＿＿＿＿＿

11466
台北市內湖區瑞光路 76 巷 65 號 1 樓

秀威資訊科技股份有限公司　　　收

BOD 數位出版事業部

....

（請沿線對折寄回，謝謝！）

姓　　名：＿＿＿＿＿＿＿＿＿　年齡：＿＿＿＿　性別：□女　□男

郵遞區號：□□□□□

地　　址：＿＿＿＿＿＿＿＿＿＿＿＿＿＿＿＿＿＿＿＿＿＿

聯絡電話：(日) ＿＿＿＿＿＿＿＿＿＿　(夜) ＿＿＿＿＿＿＿＿＿＿

E-mail：＿＿＿＿＿＿＿＿＿＿＿＿＿＿＿＿＿＿＿＿＿＿＿